# 어디서 당신은 이처럼 소년을 부르십니까

## 편집장에게 드리는 편지

해방 후의 작품을 중심으로 하되 예전 것에서도 골고루 대표작을 자선해서 한 권 엮어 달라고 하신 말씀을 듣고, 정작 손을 대보니 그다지 쉬운 노릇은 아니었습니다.

왜냐하면, 유감스럽게도, 이것이 지금까지 써 온 작품 중에서 골라낸 소위 나의 대표작이요 하고 내놓을 만한 것이 별로 없을 뿐만 아니라, 두루 어쩌는 사이에 제 자신의 작품을 골고루 들여다볼 수 있는 스크랩 하나도 저에겐 남아 있지 않고, 또 어쩐지 쑥스러운 생각이 자꾸 앞서기 때문이었습니다.

그래서 정직히 말씀드리면, 처음 생각을 다소 수정하고, 비교적 쉽게 그리고 단시일에 엮는 방법으로써, 현재 갖고 있는 것과, 가까운 동무들 손에 있는 자료에서 차별 없이 한 권 되리 만큼 베껴 내기로 작정했습니다.

1과 2 그리고 8은 해방 후의 작품에서, 3은 처녀시집 『분수령 分水嶺』에서, 4는 시집 『낡은 집』에서, 5와 6~7은 시집 『오랑캐꽃』에서 추린 것과, 또 같은 시대의 작품으로서 『오랑캐꽃』에 넣지 못했다가 그 후 수집된 것을 섞어 보았습니다.

그리고, '사진' 말씀이 있었으나 이것만은 제발 용서하시기 바랍니다. 지금 바삐 떠나야 할 길이 있어, 자세한 말씀 드리지 못하고 두어 자 적었습니다. 나무래지 마시길.

1948년 늦가을

용　　악

# 차례

■ 이 책의 원전은 『현대시인전집 제1권 이용악집現代詩人全集 第一卷 李庸岳集』(동지사同志社, 1949)입니다.

■ 시의 전체적인 표기는 현행 맞춤법과 띄어쓰기에 맞춰 수정하는 방향성으로 편집이 이뤄졌으나 외래어는 수정했을 때 글자 수나 단어 자체가 변경되어 수정의 영향이 큰 경우에는 원전의 표기를 되도록 유지하기로 하고, 사투리는 최대한 원전을 유지하였습니다.

■ 원전에서 스타카토가 표시된 외래어와 인명 등은 굵은 글씨체로 표기하였습니다.

■ 각주는 모두 편집자가 작성하였습니다.

■ 이 책에서 사용된 글꼴은 문체부 바탕체, 제주명조체, 함초롬돋움, HannariMincho, KBIZ한마음 명조, KoPub바탕체, KoPub돋움체, LH체, Mapo금빛나루입니다.

# 1

## 오월에의 노래

이빨 자국 하얗게 홈 간 빨뿌리와 담뱃재 소복한 왜접시와 인젠 불살라도 좋은 몇 권의 책이 놓여 있는 거울 속에 너는 있어라

성미 어진 나의 친구는 **고오고리**를 좋아하는 소설가 몹시도 시장하고 눈은 내리던 밤 서로 웃으며 **고오고리**의 나라를 이야기하면서 소시민 소시민이라고 써 놓은 얼룩진 벽에 벗어 버린 검은 모자와 귀걸이가 걸려 있는 거울 속에 너는 있어라

그리웠던 그리웠던 구름 속 푸른 하늘은 우리 것이라 그리웠던 그리웠던 **메에데에**의 노래는 우리 것이라

어느 동무들이 희망과 초조와 떨리는 손으로 주워 모은 활자들이냐 아무렇게나 쌓아 놓은 신문지 우에 독한 약봉지와 한 자루 칼이 놓여 있는 거울 속에 너는 있어라

·········1946년·········

왜접시: 일본식 사기 접시.
빨뿌리: 곰방대처럼 담배를 끼워서 빠는 물건.
고오고리: 러시아 작가 니콜라이 바실리예비치 고골Никола́й Васи́льевич Го́голь(1809~1952)의 일본어, 문화어 명칭. 대표작 『코』(1836), 『외투』(1842).
메에데에: 5월 1일 노동절May Day. 일본어식 발음과 동일하며 북한에서는 이를 줄여서 메데, 메데절이라고도 부름.
우에: 여기서 '우'는 '위'의 경상, 강원 방언이며, 시집 전반에서 구사된다.

## 노한 눈들

불빛 노을 함빡 갈앉은 눈이라 노한 노한 눈들이라

죄다 바서진 창으로 추위가 다가서는데 몇 번째인가 어찌하여 우리는 또 밀려 나가야 하는 우리의 회관에서

더러는 어디루 갔나 다시 황막한 벌판을 안고 숨어서 쳐다보는 푸르른 하늘이며 밤마다 별마다에 가슴 맥히어 차라리 울지도 못할 옳은 사람들 정녕 어디서 움트는 조국을 그리는 것일까

폭풍이여 일어서는 것 폭풍이여 폭풍이여 불길처럼 일어서는 것

구보랑 **회남**이랑 **홍구**랑 **영석**이랑 우리 그대들과 함께 정들인 낡은 걸상이며 책상을 둘러메고 지나간 데모에 휘날리던 깃발까지도 소중히 감아 들고 지금 저무는 서울 거리에 갈 곳 없이 나서련다

내사 아마 퍽도 약한 시인이길래 부끄러이 낯을 돌리고 그저 울음이 복받치는 것일까

불빛 노을 함빡 갈앉은 눈이라 노한 노한 눈들이라

………1946년………

어디루: '어디로'에 한반도 중부 방언이 적용된 사례. 중부 방언은 첫 음절 뒤에 오는 'ㅗ'를 'ㅜ'로 발음하는 경향성이 있으며 이는 본 시집에 수록된 시들 전반에서 발견됨.

맥히다: 막히다의 강원, 경기, 경상, 전라, 충청 방언.

구보丘甫: 소설가 박태원朴泰遠(1909~1986)의 호. 대표작 『소설가 구보씨의 일일』(1938), 『천변풍경』(1938).

홍구: 소설가 홍장복洪長福(1908~1947). 대표작 『마차의 행렬』(1933), 『잊어버린 자장가』(1933).

회남: 소설가 안회남安懷南(1909~?). 대표작 『전원』(1946), 『불』(1947).

영석: 소설가 김영석金永錫(?~?). 대표작 『이춘풍전』(1947), 『지하로 뚫린 길』(1948).

# 2

## 우리의 거리

아버지도 어머니도
젊어서 한창땐
**우라지오**로 다니는 밀수꾼

눈보라에 숨어 국경을 넘나들 때
어머니의 등골에 파묻힌 나는
모든 가난한 사람들의 젖먹이와 다름없이
얼마나 성가스런 짐짝이었을까

오늘도 행길을 동무들의 행렬이 지나는데
뒤이어 뒤를 이어 물결치는
어깨와 어깨에 빛 빛 찬란한데

여러 해 만에 서울로 떠나가는 이 아들이
길에서 요기할 호박떡을 빚으며
어머니는 얼어붙은 **우라지오**의 바다를
채쭉 쳐 달리는 **이즈보스**의 마차며 **트로이카**며
좋은 하늘 못 보고
타향서 돌아가신 아버지의 이야길 하시고

피로 물든 우리의 거리가

폐허에서 새로이 부르짖는

**우라아**

**우라아 XXXX**

………1945년………

우라지오: 러시아의 항구 도시 블라디보스토크Владивосто́к의 일본어 명칭인 우라지오스토크ウラジオスト ク의 약칭.
채쭉: '채찍'의 함경 방언.
이즈보스изво́з: 나르는 사람, 운반차라는 의미의 러시아어.원전에서는 '이즈보즈'로 표기.
트로이카Тро́йка: 러시아식 삼두마차인 뜨로이카를 의미. 원전에서는 일본어식 발음인 '토로이카'로 표기.
우라아: 우라ура. 러시아어로 '만세'.

## 하나씩의 별

무엇을 실었느냐 화물 열차의

검은 문들은 탄탄히 잠겨졌다

바람 속을 달리는 화물 열차의 지붕 우에

우리 제각기 드러누워

한결같이 쳐다보는 하나씩의 별

두만강 저쪽에서 온다는 사람들과

자무쓰에서 온다는 사람들과

험한 땅에서 험한 변 치르고

눈보라 치기 전에 고향으로 돌아간다는

남도 사람들과

북어 쪼가리 초담배 밀가루떡이랑

나눠서 요기하며 내사 서울이 그리워

고향과는 딴 방향으로 흔들려 간다

푸르른 바다와 거리 거리를

설음 많은 이민 열차의 흐린 창으로

그저 서러이 내다보던 골짝 골짝을

갈 때와 마찬가지로

헐벗은 채 돌아오는 이 사람들과

마찬가지로 헐벗은 나요

나라에 기쁜 일 많아

울지를 못하는 함경도 사내

총을 안고 **볼가**의 노래를 부르던

**슬라브**의 늙은 병정은 잠이 들었나

바람 속을 달리는 화물 열차의 지붕 우에

우리 제각기 드러누워

한결같이 쳐다보는 하나씩의 별

·········1945년·········

자무쓰佳木斯: 중국 최동단에 위치하여 러시아와 국경을 맞댄 헤이룽장성에 속한 도시. 원전에서는 '쟈무스'로 표기.

초담배: 잎을 썰지 않고 그대로 말아서 만든 담배.

설음: '설움'의 북한어. 원전에서는 '서름'으로 표기.

볼가: 러시아 서부에 위치하여 남부를 거쳐 카스피해로 흘러가는 볼가강Вóлга. 원전에서는 '뽈가'로 표기.

## 그리움

눈이 오는가 북쪽엔
함박눈 쏟아져 내리는가

험한 벼랑을 굽이굽이 돌아간
백무선 철길 우에
느릿느릿 밤새워 달리는
화물차의 검은 지붕에

연달린 산과 산 사이
너를 남기고 온
작은 마을에도 복된 눈 내리는가

잉크병 얼어드는 이러한 밤에
어쩌자고 잠을 깨어
그리운 곳 차마 그리운 곳

눈이 오는가 북쪽엔
함박눈 쏟아져 내리는가

·········1945년·········

백무선白茂線: 함경북도 백암白巖에서 두만강의 삼림 지대를 가로질러 무산茂山에 이르는 협궤 철도.

## 하늘만 곱구나

집도 많은 집도 많은 남대문 턱 움 속에서 두 손 오구려 혹혹 입김 불며 이따금씩 쳐다보는 하늘이사 아마 하늘이기 혼자만 곱구나

**거북**네는 만주서 왔단다 두터운 얼음장과 거센 바람 속을 세월은 흘러 **거북**이는 만주서 나고 할배는 만주에 묻히고 세월이 무심찮아 봄을 본다고 쫓겨서 울면서 가던 길 돌아왔단다

**띠팡**을 떠날 때 강을 건널 때 조선으로 돌아가면 빼앗겼던 땅에서 농사지으며 가 갸 거 겨 배운다더니 조선으로 돌아와도 집도 고향도 없고

**거북**이는 배추 꼬리를 씹으며 달디달구나 배추 꼬리를 씹으며 꺼므테테한 아배의 얼굴을 바라보면서 배추 꼬리를 씹으며 거북이는 무엇을 생각하누

첫눈 이미 내리고 이윽고 새해가 온다는데 집도 많은 집도 많은 남대문 턱 움 속에서 이따금씩 쳐다보는 하늘이사 아마 하늘이기 혼자만 곱구나

……1946년 12월 전재동포 구제 「시의 밤」 낭독 시……

오구리다: '오그리다'의 경상 방언.
띠팡地方: '그 지방', '그곳'을 의미하는 중국어.
아배: '아버지'의 경상, 전남, 함북 방언.
전재동포: 일제강점기에 해외에 체류하다 일제 패망 후 한반도로 돌아온 동포들을 이르는 말로 약 250만 명이 귀환한 것으로 추정되며 비참한 생활상 등으로 인해 사회적 문제가 됨.

## 나라에 슬픔 있을 때

자유의 적 **꼬레이어**를 물리치고저

끝끝내 호올로 일어선 **다뷔데**는 소년이었다

손아귀에 감기는 단 한 개의 돌멩이와

팔맷줄 둘러메고

원수를 향해 사나운 짐승처럼 내달린

**다뷔데**는 **이스라엘**의 소년이었다

나라에 또다시 슬픔이 있어

떨리는 손등에 볼타구니에 이마에

싸락눈 함부로 휘날리고 바람 매짜고

피가 흘러

숨은 골목 어디선가 성낸 사람들

동포끼리 옳잖은 피가 흘러

저마다의 가슴에 또다시 쏟아져 내리는

어둠을 헤치며

생각는 것은 다만 **다뷔데**

이미 아무것도 갖지 못한 우리

일제히 시장한 허리를 졸라맨 여러 가지의

띠를 풀어 탄탄히 돌을 감자

나아가자 원수를 향해 우리 나아가자

단 하나씩의 돌맹일지라도 틀림없는

**꼬레이어**의 이마에 던지자

……1945년 12월……

꼬레이어: 『구약 성경』「사무엘상」에 나오는 불레셋의 거인 장수 골리앗.
다뷔데: 골리앗을 쓰러뜨리고 이스라엘왕국의 2대 왕에 오르는 다윗.
팔맷줄: 돌팔매질을 하기 위한 줄.
매짜다: '맵짜다'의 경남 방언. 바람 따위가 매섭게 사납다는 의미.
돌맹이: '돌멩이'의 강원, 경기, 경상, 전라, 충청 방언.

## 월계는 피어

——선진주 동무의 영전에——

숨가삐 쳐다보는 하늘에

먹구름 뭉게치는 그러한 때에도

너와 나와 너와 나와

마음속 월계는 함빡 피어

꽃이팔 꽃이팔 캄캄한 강물을 저어 간 꽃이팔

산성을 돌아

쌓이고 쌓인 슬픔을 돌아

너의 상여는 아득한 옛으로

돌아가는 화려한 날에

다시는 쥐어 못 볼 손이었던가

휘정휘정 지나쳐 버린

어느 골목엔가 월계는 피어

………1946년………

뭉게치다: 연기나 구름 따위가 한꺼번에 뭉쳐 오른다는 의미의 북한어.

## 흙

애비도 종 할애비도 종 한뉘 허리 굽히고 드나들던 토막 기울어진 흙벽에 쭝그리고 기대앉은 저 아이는 발가숭이 발가숭이 아이의 살결은 흙인 듯 검붉다

넝쿨 우거진 어느 골짜구니를 맑고 찬 새암물 돌돌 가느다랗게 흐르는가 나비사 이미 날지 않고 오랜 나무 마디마디에 휘휘 감돌아 맺힌 고운 무늬 모양 버섯은 그늘에만 그늘마다 피어

잠자듯 어슴프레히 저놈의 소가 항시 바라보는 것은 하늘이 높디높다란 푸른 하늘이 아니라 번질러 놓은 수레바퀴가 아니라 흙이다 검붉은 흙이다

골짜구니: '골짜기'의 강원, 경기, 경북, 충청 방언.

## 거리에서

아무렇게 겪어 온 세월일지라도 혹은 무방하여라 숨 맥혀라 숨 맥혀라 잔바람 불어오거나 구름 한 포기 흘러가는 게 아니라 어디서 누가 우느냐

누가 목메어 우느냐 너도 너도 너도 피 터진 발꿈치 피 터진 발꿈치로 다시 한 번 힘 모두어 땅을 차자 그러나 서울이여 거리마다 골목마다 이마에 팔을 얹는 어진 사람들

눈보라여 비바람이여 성낸 물결이여 이제 휩쓸어 오는가 불이여 불길이여 노한 청춘과 함께 이제 어깨를 일으키는가

우리 조그마한 고향 하나와 우리 조그마한 인민의 나라와 오래인 세월 너무나 서러웁던 동무들 차마 그리워 우리 다만 앞을 향하여 뉘우침 아예 없어라

모두다: '모으다'의 경상, 함경 방언.

# 3

## 북쪽

북쪽은 고향

그 북쪽은 여인이 팔려 간 나라

머언 산맥에 바람이 얼어붙을 때

다시 풀릴 때

시름 많은 북쪽 하늘에

마음은 눈 감을 줄 모르다

## 풀버레 소리 가득 차 있었다

우리집도 아니고

일갓집도 아닌 집

고향은 더욱 아닌 곳에서

아버지의 침상 없는 최후 최후의 밤은

풀버레 소리 가득 차 있었다

노령露領을 다니면서까지

애써 자래운 아들과 딸에게

한마디 남겨 두는 말도 없었고

아무울만灣의 파선도

설룽한 니코리스크의 밤도 완전히 잊으셨다

목침을 반듯이 벤 채

다시 뜨시잖는 두 눈에

피지 못한 꿈의 꽃봉오리가 갈앉고

얼음장에 누우신 듯 손발은 식어 갈 뿐

입술은 심장의 영원한 정지를 가르쳤다

때늦은 의원이 아무 말 없이 돌아간 뒤

이웃 늙은이 손으로

눈빛 무명은 고요히

낯을 덮었다

우리는 머리맡에 엎디어

있는 대로의 울음을 다아 울었고

아버지의 침상 없는 최후 최후의 밤은

풀버레 소리 가득 차 있었다

버레: '벌레'의 경상, 전남, 충청 방언.

노령: 러시아 영토인 시베리아 일대.

자래운: '키운'의 의미. '자래다'는 '자라다'의 평북 방언.

아무울만: 헤이룽강(헤이룽장, 아무르강이라고도 함) 하류에 형성된 만으로 아무르만Амурский Залив이라 불리며 표트르대제만의 부분을 구성함.

설룽하다: '설렁하다'와 같은 말이며 서늘한 기운이 있어 춥다는 의미.

니코리스크: 러시아 프리모르스키 지방 남부에 위치한 우수리스크Уссурийск의 옛 이름. 1898년까지는 니콜스코예Никольское, 이후 1935년까지는 니콜스크-우수리스크Никольск-Уссурийский라고 불림.

# 4

## 두만강 너 우리의 강아

나는 죄인처럼 수구리고
나는 코끼리처럼 말이 없다
두만강 너 우리의 강아
너의 언덕을 달리는 찻간에
조고마한 자랑도 자유도 없이 앉았다

아무것두 바라볼 수 없다만
너의 가슴은 얼었으리라
그러나
나는 안다
다른 한 줄 너의 흐름이 쉬지 않고
바다로 가야 할 곳으로 흘러내리고 있음을

지금
차는 차대로 달리고
바람이 이리처럼 날뛰는 강 건너 벌판엔
나의 젊은 넋이
무엇인가 기대리는 듯 얼어붙은 듯 섰으니
욕된 운명은 밤 우에 밤을 마련할 뿐

잠들지 말라 우리의 강아

오늘 밤도

너의 가슴을 밟는 뭇 슬픔이 목마르고

얼음길은 거칠다 길은 멀다

길이 마음의 눈을 덮어 줄

검은 날개는 없느냐

두만강 너 우리의 강아

북간도로 간다는 강원도치와 마주 앉은

나는 울 줄을 몰라 외롭다

수구리다: '수그리다'의 경남, 전남, 충청, 중국 지린성 방언.
기대리다: '기다리다'의 경상, 전남, 평안, 중국 랴오닝성 방언.
북간도: 두만강과 마주한 간도 지방의 동부

## 낡은 집

날로 밤으로
왕거미 줄 치기에 분주한 집
마을서 흉집이라고 꺼리는 낡은 집
이 집에 살았다는 백성들은
대대손손에 물려줄
은동곳도 산호관자도 갖지 못했니라

재를 넘어 무곡을 다니던 당나귀
항구로 가는 콩시리에 늙은 둥글소
모두 없어진 지 오랜
외양간엔 아직 초라한 내음새 그윽하다만
털보네 간 곳은 아무도 모른다
찻길이 놓이기 전
노루 멧돼지 쪽제비 이런 것들이
앞뒤 산을 맘 놓고 뛰어다니던 시절
털보의 셋째 아들은
나의 싸리말 동무는
이 집 안방 짓두광주리 옆에서
첫울음을 울었다고 한다

"털보네는 또 아들을 봤다우

송아지래두 불었으면 팔아나 먹지"

마을 아낙네들은 무심코

차거운 이야기를 가을 냇물에 실어 보냈다는

그날 밤

저릎등이 시름시름 타들어 가고

소주에 취한 털보의 눈도 일층 붉더란다

갓주지 이야기와

무서운 전설 가운데서 가난 속에서

나의 동무는 늘 마음 졸이며 자랐다

당나귀 몰고 간 애비 돌아오지 않는 밤

노랑 고양이 울어 울어

종시 잠 이루지 못하는 밤이면

어미 분주히 일하는 방앗간 한구석에서

나의 동무는

도토리의 꿈을 키웠다

그가 아홉 살 되던 해

사냥개 꿩을 쫓아다니는 겨울

이 집에 살던 일곱 식솔이

어디론지 사라지고

이튿날 아침

북쪽을 향한 발자국만 눈 우에 떨고 있었다

더러는 오랑캐령 쪽으로 갔으리라고

더러는 아라사로 갔으리라고

이웃 늙은이들은

모두 무서운 곳을 짚었다

지금은 아무도 살지 않는 집

마을서 흉집이라고 꺼리는 낡은 집

제철마다 먹음직한 열매

탐스럽게 열던 살구

살구나무도 글거리만 남았길래

꽃피는 철이 와도 가도 뒤울 안에

꿀벌 하나 날아들지 않는다

*『이용악집』 원전에서는 4행과 5행 사이가 띄어져 있으나 본 시의 다른 판본들에서는 해당 부분이 이어져 있고 흐름 면에서 봐도 이어져 있는 게 적합하여 편집에서의 실수로 판단하여 이어 놓음.

동곳: 비녀.
산호관자: 산호관자는 산호로 만든 관자를 말하며 관자는 망건에 달아 당줄을 꿰는 작은 단추 모양의 고리.
무곡貿穀: 이익을 보려고 곡식을 몰아서 사들임.
시리: '시루'의 강원, 경상, 전남, 제주 방언.
둥글소: '황소'의 북한어.
묏돼지: '멧돼지'의 전남 방언.
쪽제비: '족제비'의 강원, 경기, 경상, 전라, 충청 방언.
싸리말: 싸리를 서로 어긋나게 엮어 짜서 만든 말. 싸리말 동무는 죽마고우와 동일함.
짓두광주리: '반짇고리'의 북한 방언.
저릎등: 저릎은 껍질을 벗긴 삼대를 뜻하는 '겨릅'의 방언으로 저릎등은 삼대를 태워 불을 밝히는 장치.
갓주지: 갓을 쓴 절의 주지스님을 말하며, 관련하여 말을 듣지 않는 아이는 갓주지가 잡아간다는 전승이 있음.
아라사俄羅斯: '러시아'의 음역어.
글거리: '그루터기'의 강원, 함남 방언.
뒤울: '뒤꼍'의 충남 방언.

# 5

## 오랑캐꽃

——기인 세월을 오랑캐와의 싸움에 살았다는 우리의 머언 조상들이 너를 불러 "오랑캐꽃"이라 했으니 어찌 보면 너의 뒷모양이 머리태를 드리인 오랑캐의 뒷머리와도 같은 까닭이라 전한다——

아낙도 우두머리도 돌볼 새 없이 갔단다
도래샘도 띳집도 버리고 강 건너로 쫓겨 갔단다
고려 장군님 무지무지 쳐들어와
오랑캐는 가랑잎처럼 굴러갔단다

구름이 모여 골짝 골짝을 구름이 흘러
백 년이 몇백 년이 뒤를 이어 흘러갔나

너는 오랑캐의 피 한 방울 받지 않았건만 오랑캐꽃
너는 돌가마도 털메투리도 모르는 오랑캐꽃
두 팔로 햇빛을 막아 줄게
울어 보렴 목 놓아 울어나 보렴 오랑캐꽃

머리태: '머리채'의 북한어.
도래샘: 빙 돌아서 흐르는 샘물.
띳집: 띠로 지붕을 이어 만든 집.
털메투리: 메투리는 삼이나 노 따위로 짚신처럼 삼은 신발인 '미투리'의 강원, 경상, 함경, 황해, 전북 방언이며 털메투리는 머리카락 등으로 만든 미투리를 이름.

## 꽃가루 속에

배추밭 이랑을 노오란 배추꽃 이랑을

숨 가쁘게 마구 웃으며 달리는 것은

어디서 네가 나즉히 부르기 때문에

배추꽃 속에서 살며시 흩어 놓은 꽃가루 속에

나두야 숨어서 너를 부르고 싶기 때문에

## 달 있는 제사

달빛 밟고 머나먼 길 오시리

두 손 합쳐 세 번 절하면 돌아오시리

어머닌 우시어

밤내 우시어

하아얀 박꽃 속에 이슬이 두어 방울

## 강가

아들이 나오는 올겨울엔 걸어서라두
청진으로 가리란다
높은 벽돌담 밑에 섰다가
세 해나 못 본 아들을 찾아오리란다

그 늙은인
암소 따라 조이밭 저쪽에 사라지고
어느 길손이 밥 지은 자췬지
끄슬은 돌 두어 개 시름겨웁다

청진淸津: 함경북도 동북쪽에 있는 항구 도시.
조이: 곡식 '조'의 함경, 강원 방언.
끄슬다: '그을다'의 함북 방언.

## 두메산골 (1)

들창을 열면 물구지떡 내음새 내달았다

쌍바라지 열어제치면

썩달나무 썩는 냄새 유달리 향그러웠다

뒷산에두 봇나무

앞산두 군데군데 봇나무

주인장은 매사냥을 다니다가

바위 틈에서 죽었다는 주막집에서

오래오래 옛말처럼 살고 싶었다

물구지: 파, 마늘과 비슷한 백합과의 여러해살이풀로 구황 식물로도 쓰였던 '무릇'의 함경 방언.
쌍바라지: 좌우로 열고 닫게 되어 있는 두 짝의 덧창.
썩달나무: '썩은 나무'의 함북 방언.
봇나무: '자작나무'의 북한어. 원전에서는 '봊나무'로 표기.

## 두메산골 (2)

아이도 어른도
버섯을 만지며 히히 웃는다
독한 버섯인 양 히히 웃는다

돌아 돌아 물굽 따라가면 강에 이른대
영 넘어 여러 영 넘어가면 읍이 보인대

맷돌방아 그늘도 토담 그늘도
희부옇게 엷어지는데
어디서 꽃가루 날라오는 듯 눈부시는 산머리

온 길 갈 길 죄다 잊어버리고
까맣게 쓰러지고 싶다

날라오다: '날아오다'의 전라 방언.

## 두메산골 (3)

참나무 불이 이글이글한

오지 화로에 감자 두어 개 묻어 놓고

멀어진 서울을 그리는 것은

도포 걸친 어느 조상이 귀양 와서

일삼던 버릇일까

돌아갈 때엔 당나귀 타고 싶던

여러 영에

눈은 내리는데 눈은 내리는데

오지: 붉은 진흙으로 만들어 볕에 말리거나 약간 구운 다음, 오짓물(흙으로 만든 그릇에 발라 구우면 그릇에 윤이 나는 잿물)을 입혀 다시 구운 검붉은 윤이 나고 단단한 그릇.

## 두메산골 (4)

소곰토리 지웃거리며 돌아오는가

열두 고개 타박타박 당나귀는 돌아오는가

방울 소리 방울 소리 말방울 소리 방울 소리

소곰토리: 소금 가마니.
지웃거리다: '기웃거리다'의 강원, 전라, 전북, 제주 방언.

## 전라도 가시내

알룩조개에 입 맞추며 자랐나
눈이 바다처럼 푸를 뿐더러 까무스레한 네 얼굴
가시내야
나는 발을 얼구며
무쇠 다리를 건너온 함경도 사내

바람 소리도 호개도 인전 무섭지 않다만
어두운 등불 밑 안개처럼 자욱한 시름을
달게 마시련다만
어디서 흉참한 기별이 뛰어들 것만 같애
두터운 벽도 이웃도 못 미더운 북간도 술막

온갖 방자의 말을 품고 왔다
눈포래를 뚫고 왔다
가시내야
너의 가슴 그늘진 숲속을 기어간 오솔길을
나는 헤매이자
술을 부어 남실남실 술을 따르어
가난한 이야기에 고이 잠궈다오

네 두만강을 건너왔다는 석 달 전이면

단풍이 물들어 천 리 천 리 또 천 리 산마다 불탔을 겐데

그래두 외로워서 슬퍼서 치마폭으로 얼굴을 가렸더냐

두 낮 두 밤을 두루미처럼 울어 울어

불술기 구름 속을 달리는 양 유리창이 흐리더냐

차알삭 부서지는 파도 소리에 취한 듯

때로 싸늘한 웃음이 소리 없이 새기는 보조개

가시내야

울듯 울듯 울지 않는 전라도 가시내야

두어 마디 너의 사투리로 때아닌 봄을 불러 줄게

손때 수집은 분홍 댕기 휘휘 날리며

잠깐 너의 나라로 돌아가거라

이윽고 얼음길이 밝으면

나는 눈포래 휘감아치는 벌판에 우줄우줄

나설 게다

노래도 없이 사라질 게다

자국도 없이 사라질 게다

얼구다: '얼리다'의 강원, 경상, 충청, 북한 방언.
호개: '호랑이'의 함경 방언.
인전: '인제'의 경기 방언.
눈포래: '눈보라'의 평북 방언.
불술기: '기차'의 함북 방언.
수집다: '수줍다'의 평안 방언.

# 6

## 벨로우니카에게

고향선 월계랑 붉게두 피나 보다
내사 아무렇게 불러도 즐거운 이름

어디서 멎는 것일까

달리는 뿔사슴과 말발굽 소리와
밤중에 부불을 치어든 새의 무리와

슬라브의 딸아
벨로우니카

우리 잠깐 자랑과 부끄러움을 잊어버리고

달빛 따라 가벼운 구름처럼
일곱 개의 바다를 건너가리

고향선 월계랑 붉게두 피나 보다
내사 아무렇게 불러두 즐거운 이름

부불: '주둥이'를 낮춰 부르는 말.

## 당신의 소년은

설룽한 마음 어느 구석엔가
숱한 별들 떨어지고
쏟아져 내리는 빗소리에 포옥 잠겨 있는
당신의 소년은

아득히 당신을 그리면서
개울창에 버리고 온 것은
갈가리 찢어진 우산
나의 슬픔이 아니었습니다

당신께로의 불길이
나를 싸고 타올라도
나의 길은
캄캄한 채로 닫힌 쌍바라지에 이르러
언제나 그림자도 없이 끝나고

얼마나 많은 밤이 당신과 나 사이에
테로스의 바다처럼
엄숙히 놓여져 있습니까

당신은 당신의 슬픔에서만 나를 찾았고

나는 나의 슬픔을 통해 당신을 만났을 뿐입니까

어느 다음날

수풀을 헤치고 와야 할 당신의 옷자락이

훠얼훨 앞을 흐리게 합니다

어디서 당신은 이처럼 소년을 부르십니까

개울창: '개골창'의 전북 방언, 혹은 '개울'의 경상 방언.

테로스: 테로스는 단어 자체로는 아리스토텔레스가 끝, 목적, 목표의 의미로 사용한 용어 텔로스τέλος, 뒤에 바다가 인용됐다는 점에서는 그리스신화에 나오는 바다의 여신 테튀스Τηθύς가 연상되며, 『이용악 시전집』(윤영천 책임편집, 문학과지성사, 2018)에서는 테라스terrace의 오식으로 추정함.

## 별 아래

눈 내려
아득한 나라까지도 내다보이는 밤이면
내사야 혼자서 울었다

나의 피에도 머물지 못한 나의 영혼은
**탄탈로스**여
너의 못가에서 길이 목마르고

별 아래
숱한 별 아래

웃어 보리라 이제
헛되이 웃음 지어도 밤마다 붉은 얼굴엔
바다와 바다가 물결치리라

탄탈로스Τάνταλος: 그리스 신화에 나오는 왕으로 제우스의 아들이자 펠롭스의 아버지. 엄청난 부자였으나 너무 오만하여 지옥으로 떨어져 영원한 기갈飢渴의 고통을 받게 됨. 원전에서는 '탄타로스'로 표기.

## 막차 갈 때마다

어쩌자고 자꾸만 그리워지는

당신네들을 깨끗이 잊어버리고자

북에서도 북쪽

그렇습니다 머나먼 곳으로 와 버린 것인데

산굽이 돌아 돌아 막차 갈 때마다

먼지와 함께 들이켜기엔

너무나 너무나 차거운 유리잔

## 등잔 밑

모두 벼슬 없는 이웃이래서

은쟁반 아닌

아무렇게나 생긴 그릇이 되려

머루며 다래까지도 나눠 먹기에 정다운 것인데

서울 살다 온 사나인 그저 앉이 흐리어

멀리서 들려오는 파도 소리와 함께

모올래 울고 싶은 등잔 밑 차마 흐리어

출출하다: 보기에 싱싱하여 질이 좋다는 의미의 평안, 함경 방언.

## 시골 사람의 노래

귀 맞춰 접은 방석을 베고

젖가슴 헤친 채로 젖가슴 헤친 채로

잠든 에미네며 딸년이랑

모두들 실상 이쁜데

요란스레 달리는 마지막 차엔

무엇을 실어 보내고

당황히 손을 들어야 하는 것일까

몇 마디의 서양 말과 글 짓는 재주와

그러한 것은 자랑삼기에 욕되었도다

흘러내리는 머리칼도

목덜미에 점점이 찍혀

되려 복스럽던 검은 기미도

언젠가 쫓기듯 숨어서

시골로 돌아온 시골 사람

이 녀석 속눈썹 츨츨히 길다란 우리 아들도

한 번은 갔다가

섭섭히 돌아와야 할 시골 사람

불타는 술잔에 꽃향기 그윽한데
바람이 이는데
이제 바람이 이는데

어디루 가는 사람들이
서로 담뱃불 빌고 빌리며
나의 가슴을 건느는 것일까

되려: '도리어'의 강원, 경기, 경상, 전라, 충남, 황해 방언.
건느다: '건너다'의 북한어.

# 7

## 불

모든 것이 잠잠히 끝난
다음에도
당신의 벗이래야 할 것이

솟아오르는 빛과 빛과 몸을 부비면
한결같이 이러한 푸른 비늘과 같은
아름다움
가슴마다 피어

싸움이요
우리 당신의 모양을 빌어
미움을 물리치는 것이요

## 주검

별과 별들 사이를

해와 달 사이 찬란한 허공을 오래도록 헤매다가

끝끝내

한번은 만나야 할 황홀한 꿈이 아니겠습니까

가장 높은 덕이요 똑바른 사랑

오히려 당신은 영원한 생명

나라에 큰 난 있어 사나이들은 당신을 향할지라도

두려울 법 없고

충성한 백성만을 위하여 당신은

항상 새 누리를 꾸미는 것이었습니다

아무도 이르지 못한 바닷가 같은 데서

아무도 살지 않은 풀 우거진 벌판 같은 데서

말하자면

헤아릴 수 없는 옛적 같은 데서

빛을 거느린 당신

## 집

밤마다 꿈이 많아서

나는 겁이 많아서

어깨가 처지는 것일까

끝까지 끝까지 웃는 낯으로

아이들은 층층계를 내려가 버렸는데

벗 없을 땐

집 한 칸 있었으면 덜이나 곤하겠는데

타지 않는 저녁 하늘을

가벼운 병처럼 스쳐 흐르는 시장기

어쩌면 몹시두 아름다워라

앞이건 뒤건 내 가차이 모올래 오시이소

눈 감고 모란을 보는 것이요

눈 감고

모란을 보는 것이요

가차이: '가까이'의 강원, 경남, 전북, 제주 방언.

## 구슬

마디마디 구릿빛 아무렇던
열 손가락
자랑도 부끄러움도 아닐 바에

지혜의 강에 단 한 개의 구슬을 바쳐
밤이기에 더욱 빛나야 할 물 밑

온갖 바다에로 새 힘 흐르고 흐르고

몇천 년 뒤
내
닮지 않은 어느 아이의 피에 남을지라도
그것은 헛되잖은 이김이라

꽃향기 숨가쁘게 날라드는 밤에사
정녕 맘 놓고 늙언들 보자요

날라들다: '날아들다'의 경남 방언.

## 슬픈 사람들끼리

다시 만나면 알아 못 볼

사람들끼리

비웃이 타는 데서

타래곱과 도루모기와

피 터진 닭의 볏 찌르르 타는

아스라한 연기 속에서

목이랑 껴안고

웃음으로 웃음으로 헤어져야

마음 편쿠나

슬픈 사람들끼리

비웃: 청어.
타래곱: '곱창'의 함경 방언.
도루모기: '도루묵'을 이름.

## 다시 항구에 와서

모든 기폭이 잠잠히 내려앉은

이 항구에

그래도 남은 것은 사람이올시다

한마디의 말도 배운 적 없는 듯한 많은 사람 속으로

어질게 생긴 이마며 수수한 입설이며

그저 좋아서

나도 한마디의 말 없이 우줄우줄 걸어나가면

저리 산 밑에서 들려오는 돌 깨는 소리

**시바우라** 같은 데서 혹은 **메구로** 같은 데서

함께 일하고 함께 잠자며

퍽도 친하게 지내던 사람들로만 여겨집니다

서로 모르게

어둠을 타 구름처럼 흩어졌다가

똑같이 고향이 그리워서

돌아온 이들이 아니겠습니까

하늘이 너무 푸르러

갈매기는 쭉지에 흰 목을 묻고

어느 옴쑥한 바위틈 같은 데 숨어 버렸나 본데

차라리 누구의 아들도 아닌 나는 어찌하여

검붉은 흙이 자꾸만 씹고 싶습니까

입설: '입술'의 경기, 전라, 충청 방언.
시바우라芝浦: 도쿄만의 한 지역.
메구로目黒: 도쿄도 내 23개 특별구의 하나.
쭉지: '죽지'의 전북 방언.
옴쑥하다: 가운데가 비스듬히 쑥 들어간 데가 있다는 의미의 북한어.

## 열두 개의 층층계

열두 개의 층층계를 올라와

옛으로 다시 새날로 통하는 열두 개의

층층계를 양 볼 붉히고 올라와

누구의 입김이 함부로 이마를 스칩니까

약이요 네 벽에 층층이 쌓여 있는 것

어느 쪽을 무너뜨려도 나의 책들은 아니올시다

약상자뿐이요 오래 묵은 약병들이요

청춘을 드리리다 물러가시렵니까

내 숨 쉬는 곳곳에 숨어서 부르는 이

모두 다 멀리로 떠나보내고

어둠과 어둠이 마주쳐 찬란히 빛나는 곳

땅을 향해

흔들리는 열두 개의 층층계를

영영 내려가야 하겠습니다

## 밤이면 밤마다

가슴을 밟고 미칠 듯이 걸어오는 이
음침한 골목길을 따라오는 이

바라지 않는 무거운 손이 어깨에 놓여질 것만 같습니다
붉은 보재기로 나의 눈을 가리우고 당신은
눈먼 사나이의 마지막을
흑흑 느끼면서 즐길 것만 같습니다

**멜레토스**여 검은 피를 받은 이
밤이면 밤마다
내 초조로이 돌아가는 좁은 길이올시다

술잔을 빨면 모든 영혼을 가벼이 물리칠 수 있었으나
나중에 내 돌아가는 곳은
허깨비의 집이올시다 캄캄한 방이올시다
거기 당신의 **제우스**와 함께 가두어 뒀습니다
당신이 엿보고 싶은 가지가지 나의 죄를

그러나 어서 물러가십시오

푸른 정녕코 푸르른 하늘이 나를 섬기는 날

당신을 찾아

여러 강물을 건너가겠습니다

자랑도 눈물도 없이 건너가겠습니다

보재기: '보자기'의 강원, 경기, 경상, 전라, 충청 방언.
멜레토스Μέλητος: 플라톤이 저술한『소크라테스의 변명』에 나오는 인물로 소크라테스를 고발하여 죽음에 이르게 한 인물. 원전에서는 '메레토스'로 표기.
제우스: 그리스신화의 신들의 왕. 원전에서는 '쩨우스'로 표기.

## 노래 끝나면

손뼉 칩시다 정을 다하여
우리 손뼉 칩시다

노새나 나귀를 타고
방울 소리며 갈꽃을 새소리며 달무리를
즐기려 가는 것은 아니올시다

청기와 푸른 등을 밟고 서서
웃음 지으십시오
아이들은 한결같이 손을 저으며
멀어지는 나의 뒷모양을 물결치는 어깨를
눈부시게 바라보라요

누구나 한번은 자랑하고 싶은
모든 사람의 고향과
나의 길은 황홀한 꿈속에 요요히 빛나는 것

손뼉 칩시다 정을 다하여
우리 손뼉 칩시다

## 벌판을 가는 것

몇천 년 지난 뒤 깨어났음이뇨
나의 밑 다시 나의 밑 잠자는 혼을 밟고
새로이 어깨를 일으키는 것
나요
불길이요

쌓여 쌓여서 훈훈히 썩은 나뭇잎들을 헤치며
저리 환하게 열린 곳을 뜻함은
세월이 끝나던 날
오히려 높디높았을 나의 하늘이 남아 있기 때문에

내 거니는 자국마다 새로운 풀폭 하도 푸르러
뒤돌아 누구의 이름을 부르료

이제 벌판을 가는 것
바람도 비도 눈보라도 지나가 버린 벌판을
이렇게 많은 단 하나에의 길을 가는 것
나요
끝나지 않는 세월이요

## 항구에서

영원과 같은 그러한 것이 아득히 바라뵈는 그러한 꿈길을 끝끝내 돌아온 나의 청춘이요 바쁘게 떠나가는 검은 기선과 몰려서 우짖는 갈매기의 떼

구름 아래 뭉쳐선 흩어지는 먹구름 아래 당신네들과 나의 어깨에도 하늘은 골고루 머물러 얼마나 멋이었습니까

꽃이랑 꺾어 가슴을 치레하고 우리 회파람이나 간간이 불어보자요 휠휠 옷깃을 날리며 머리칼을 날리며 서로 헤어진 멀고 먼 바닷가에서 우리 한번은 웃음 지어 보자요

그러나 언덕길을 오르내리면서 항상 생각는 것은 친구의 얼굴들이 아니었습니다 갈바리의 산이요 우레 소리와 함께 둘로 갈라지는 **갈바리**의 산

희망과 같은 그러한 것이 가슴에 싹트는 그러한 밤이면 무슨 짐승처럼 우는 뱃고동을 들으며 바다로 보이지 않는 바다로 휘정휘정 내려가는 것이요

회파람: '휘파람'의 전북 방언.
갈바리Calvary: 예수가 십자가형으로 사망한 예루살렘의 언덕 골고다Γολγοθᾶ의 영어 명.

# 8

## 빗발 속에서

대회는 끝났다 줄기찬 빗발이여 빗발치는 생명이라

문화공작대로 갔다가 춘천에서 강릉서 돌팔매를 맞고 돌아온 젊은 시인 상훈도 진식이도 기운 좋구나 우리 모두 깍지 끼고 산마루를 차고 돌며 목 놓아 부르는 것 싸움의 노래

흩어지는 게 아니라 어둠 속 일어서는 조국이 있어 어둠을 밀고 일어선 어깨들은 어깨마다 미움을 물리치기에 천만 채찍을 참아왔거니

모다 억울한 사람 속에서 자유를 부르짖는 고함 소리와 한결같이 일어나는 박수 속에서 몇 번이고 그저 눈시울이 뜨거웠을 아내는 젖멕이를 업고 지금쯤 어딜루 해서 산길을 내려가는 것일까

대회는 끝났다 줄기찬 빗발이여 승리가 약속된 저마다의 가슴엔 언제까지나 싸움의 노래를 남기고

……1947년 7월 27일……

문화공작대: 조선문화단체총연맹이 1947년 5월 21일 2차 미소공동위원회 재개를 계기로 국면 타개를 위해 지방 곳곳에 파견한 단체. '인민을 위한 문화' '문화를 인민에게'라는 슬로건으로 종합 예술제를 추진했지만 계속되는 검열과 테러로 8월 초까지 활동함.
상훈: 시인 김상훈金尙勳(1919~1987). 대표작 『대열』(1947), 『가족』(1948) 등등.
진식: 시인·평론가 한진식韓鎭植(?~?). 대표작 『시인과 통찰력』(1963).
모다: '모두'의 전라 방언.
젖멕이: '젖먹이'의 경기, 충남 방언.

## 유정에게

요전 추위에 얼었나 보다 손등이 유달리 부은 선혜란 년도 입은 채로 소원이 발가락 안 나가는 신발이요 소원이 털모자인 창이란 놈도 입은 채로 잠이 들었다

겨울엔 역시 엉뎅이가 뜨뜻해야 제일이니 뭐니 하다가도 옥에 갇힌 네게 비기면 못 견딜 게 있느냐고 하면서 너에게 차입할 것을 늦도록 손질하던 아내도 인젠 잠이 들었다

머리맡에 접어 놓은 군대 담요와 되도록 크게 말은 솜버선이며 고리짝을 뒤적어렸자 쓸만한 건 통 없었구나 무척 헐게 입은 속내복을 나는 다시 한 번 어루만지자 오래간만에 들린 우리집 문마다 몹시도 조심스러운데

이윽고 통행금지시간이 지나면 창의 어미는 이 내복 꾸레미를 안고 나서야 한다 바람을 뚫고 바람을 뚫고 조국을 대신하여 네가 있는 서대문 밖으로 나가야 한다

……1947년 12월……

*『이용악집』 원전에서는 3연과 4연 사이가 붙어 있으나 흐름과 행갈이로 보았을 때 띄는 게 적합하여 편집에서의 실수로 판단하여 분리함.

유정柳呈(1922~1971): 이용악의 동향 후배 시인.
선혜: 이용악의 딸 이름.
창: 이용악의 아들 이름.
꾸레미: '꾸러미'의 경남, 전북 방언.

## 용악과 용악의 예술에 대하여

이제는 용악도 나도 서른다섯 해나 지나왔건만 이럭저럭 흘러간 세월 속에서 어떤 이름은 며칠 몇몇 해 부르며 불리우며 하다 사라졌는데, 나의 변두리에서 애초부터 항시 애오라지 이처럼 애착을 느끼게 하는 이름이 또 있을까?

용악! 용악이란 시로써 알게 된 것도 아니고 섬터서 사귄 것도 아닌 줄은 구태여 말할 나위도 없지만, 오히려 우리가 서로서로 이름도 옮겨 부르지 못하던 아주 젖먹이 때부터 낯익은 얼굴이다.

행인지 불행인지 젖먹이 때 우리는 방랑하는 아비 어미의 등곬에서 시달리며 무서운 국경 너머 우라지오 바다며 아라사 벌판을 달리는 이즈보스의 마차에, 트로이카에 흔들려서 갔던 일이며, 이윽고 모두 다 홀어미의 손에서 자라 올 때 그림 즐기던 용악의 형의 아그리파랑 세네카랑 숱한 데생을 붙인 방에서 밤낮으로 얼굴을 맞대고 있었던 일이며, 날더러 간디를 그려 달라고 해서 그것을 바람벽에 붙여놓고 그 앞에서 침울한 표정을 해가며 글 쓰던 용악 소년의 얼굴이 지금도 눈에 선하다.

그 뒤 섬트기 시작하여 일본으로 북간도로 헤어졌다 만났다 하며 공부하고 방랑하는 새 용악은 어느 틈에 벌써 『분수령』 『낡은 집』이란 시집을 들고 노래 불렀던 것이다.

실상 이렇게 노래 부르기까지, 아니 부르면서 용악은 아주 낭떠러진 지층과 같은 이루 말할 수 없는 거센 세파에 들볶이면서 그 속에서 시를 썼던 것이다. 이것은 용악이 아니면 할 수 없는 생활이었고, 이러한 생활이 또한 그가 시를 생산하는 저수지였던 것이라 할까.

그러기에 용악의 초기 『분수령』 『낡은 집』 시대의 그 예술은 부질없는 어떤 예술에의 동경이나 혹은 동경으로 머릿속에서, 책상 위에서 만들어 낸 수사라든지 값싼 개성의 안일무사한 색소에서 억지로 짜낸 것도 아니고, 기이한 외래 시의 의식적·무의식적 감염의 영역에서 우러난 경인구驚人句도 아니었다. 지금도 내 머릿속에서 빙빙 돌고 있는 '북쪽' '풀버레 소리 가득 차 있었다' '낡은 집' '두만강 너 우리의 강아' 등 거긴 불행히, 억울히 그와 그들의 들어박힌 지층, 오직 그들만이 지닌 때 내음새와도 같은 것, 방랑에서 오는 허황한 것, 유맹流氓에의 애수, 이러한 못 견디게 어쩔 수 없는 것이 앱노멀abnormal한 수법으로, 소박한 타입으로 노현露現되었던 것인가 한다.

첫 시집 『분수령』이 아마 1937년인가에 나왔고, 그 이듬해엔가 『낡은 집』도 동경에서 출판되었으니, 십수 년 전 일인데 그때는 조선 시가, 번역된 이질적인 외국 시의 소화불량의 영역에서 무익한 레토릭rhetoric이 아니면 예술 지상의 퇴폐한 리리시즘lyricism적인 것이 아니었던가 한다. 이러한 시기에 우리, 아니 모든 유맹들이 유랑하던 이러한 사회상을 배경으로 하는 올바른 내용을 가진 노래를 소박하게 부를 수 있었다는 것은 어찌 용악의 자랑인 동시에 우리 조선 시의 자랑이 아닐 수 있으랴.

『낡은 집』을 낸 뒤 얼마 안 되어 그 지루한 학생모를 벗어 팽개친 용악은 서울에 나타났던 것이다. 그때도 역시 혹독한 생활고에 허덕지덕한 그는 잡지 편집실, 다 떨어진 소파 혹은 지하실을 방 대신 쓰고 있던 일을 기억한다.

일제의 야수적인 살육이 날로 우리 문화 면에도 그 독아를 뻗칠 때, 방황하던 시인들은 더러는 다방 같은 데 모여 원고지를 감아쥐고 열적은 생각들을 토로하며 날을 보내던 이러한 절망 속에서 용악은 이런 다방에도 잘 나타나지 않고, 으레 어스름 저녁때면 종로 네거리를 초조히 서성거리다가 밤 깊도록

**다시 만나면 알아 못 볼/사람들끼리/비웃이 타는 데서/타래곱과 도루모기와/피 터진 닭의 볏 찌르르 타는/아스라한 연기 속에서/목이랑 껴안고/웃음으로 웃음으로 헤어져야/마음 편쿠나/슬픈 사람들끼리**('슬픈 사람들끼리')

이렇게 노래 부르며 취하여 헤매는 것이었다.

그렇게 고래가 되어 가다가도 신문·잡지에 발표된 시를 보면 깜짝 놀랄 만치 주옥같은 맑은 것을 내놓았던 것이다.

이 시대 1939년부터 1942년, 즉 단발마적 일제의 우리 문화 말살로 붓을 꺾고 시골로 내려갔던 해까지의, 말하자면 『오랑캐꽃』 시절의 용악의 시는 역시 서울에 있어서 그런지 『분수령』 시절의 무뚝뚝한, 박력 있는 소박한 맛은 없어지고 구슬같이 다

듬어 낸 것이었으나, 거긴 우리의 사회생활의 질곡 속에서 아주 특색 있는 특징적인 측면으로 그 시대의 우리, 아니 이 땅 인민들이 무한히 공감한 전형적인 비분애수悲憤哀愁를 한층 더 심화한 경지에서 솜씨 있게 형상화하였다고 보여진다.

끝끝내 그는 낙향을 하였는데, 거긴들 무사하랴. 으레 끌려 간 곳은 유치장이었다. 번한 날이 있을 수 없었던 용악은,

**희망과 같은 그러한 것이 가슴에 싹트는 그러한 밤이면 무슨 짐승처럼 우는 뱃고동을 들으며 바다로 보이지 않는 바다로 휘정휘정 내려가는 것이요**('항구에서')

이렇게 함분축원含憤蓄怨의 절망 속에서 노래하며 아주 붓은 꺾었던 것이다.

*

해방이 왔다. 들볶이던 모든 것이 일제히 몸부림칠 때 용악이 어찌 그대로 있었으랴. 욕되게 살던 그 서울이 그리워

**……눈보라 치기 전에 고향으로 돌아간다는/남도 사람들과/북어 쪼가리 초담배 밀가루떡이랑/나눠서 요기하며**

**총을 안고 볼가의 노래를 부르던/슬라브의 늙은 병정**

**과 함께**

**바람 속을 달리는 화물열차의 지붕 우에/우리 제각기 드러누워/한결같이 쳐다보는 하나씩의 별**('하나씩의 별')

이라고 노래 부르며 서울에 왔던 것이다.

이 노래로써 용악의, 아니 우리의 방랑의 애수는 한결같이 끝이 나야 할 것이었다. 그러곤 우렁찬 건국의 대공사장에 뛰어들어 가서 모두 다 얼싸안고 웃음으로 웃음으로 푸르른 하늘 아래서 일하게 될 것으로 알았던 것이 우리 눈앞에는 뜻하지 않던, 너무나 사막한 현실이 가로놓였던 것이다.

우리와 우리의 시는 또다시 먹구름 속 만신창흔滿身瘡痕이 되어 형극荊棘의 길을 걷게 되었던 것이다.

여기서 예나 이제나 정의감에 불타던 용악의 시가 무한한 분노와 무수한 상처와 창흔을 통탄하다시피 노래 불렀다는 것은 용악으로서 당연하다 하기보다는 그것은 우리의 통탄이요, 모든 인민들이 가진 바 통탄이었다.

그리하여 용악은 해방 후도 첩첩이 쌓인 먹구름 속 푸르른 하늘을 찾으며 '노한 눈들' '다시 오월에의 노래' '빗발 속에서' '기관구에서' 등 시에서 오늘날 지상 수두룩한 나라와 민족 속에서 그 어느 곳에서도 볼 수 없는 오직 우리나라 인민들만이 지니고 있는 비범한 전형적인 비분과 분노와 원한을, 심각한 상경狀景을 생생하게 발랄하게 노래 불러서 우리 시의 최고봉을 이루어 놓은 것이다.

*

실상 해방 후의 용악의 시의 전모는 이 시집 외에 따로 한 권으로 상재될 것이니 그때 이야기할 기회가 있겠지만, 나는 이렇게 생각해 보기도 한다.

초기 『분수령』 『낡은 집』 시절의 소박한 박력은 다음 『오랑캐꽃』에선 없어지고 『오랑캐꽃』 시절은 언어를 아주 알뜰히 다듬어서 내용의 사상성보다도 응결된 언어의 말 그 자체의 색소적·음향적인 뉘앙스에서 오는 매혹적인 포에지poésie의 코스모스cosmos가 아닌가 한다.

해방 후의 용악의 시를 흔히들 내용은 새로우나 형식이 낡다고들 하는데 나는 그렇게 안 보인다. 모두들 즐기던 저 '오월에의 노래'는 해방 후에 썼으나 시로선 『오랑캐꽃』 시절의 작품 범주에 들 것이라고 본다. '노한 눈들' '유정에게' '다시 오월에의 노래' '기관구에서', 이런 시에서 용악의 새로운 타입과 용악의 예술의 방향을 충분히 바라볼 수 있을 것이다.

1948년 12월

이수형

# 이용악 연보

**1914년 (0세)**

**11월 23일** 함경북도咸鏡北道 경성군鏡城郡 경성면鏡城面 45번지에서 이석준의 5남 2녀 중 3남으로 출생.

**1928년 (14세)**

함경북도 부령富寧보통학교 6학년 졸업.

**1929년 (15세)**

경성鏡城농업학교 입학.

**1932년 (18세)**

경성농업학교 4학년 재학 중 도일渡日하여 일본 히로시마현広島県 고분중학교興文中學校 4학년으로 편입.

**1933년 (19세)**

고분중학교 졸업, 니혼대학日本大學 예술과 입학.

**1934년 (20세)**

니혼대학 예술과 1년 수료 후 약 2년간 시바우라下浦, 메구로目黑, 시무라志村 등지에서 막노동에 종사한 것으로 추정.

**1935년 (21세)**

**3월** 시 '패배자의 소원'을 『신인문학新人文學』에 발표하며 등단.

**4월** 『신인문학』에 '애소◇유언'을 발표하며 편파월片破月이라는 호 사용.

**1936년 (22세)**

**4월** 도쿄 조치대학上智大學 전문부 신문학과에 입학. 이 시기에 이용악은 함경북도 명천 태생의 시인 김종한金鍾漢과 함께 동인지 『2인二人』을 5~6회에 걸쳐 발간.

**1937년 (23세)**

**5월 30일** 도쿄 산분샤三文社에서 첫 시집 『분수령分水嶺』 발간.

**1938년 (24세)**

**11월 10일** 도쿄 산분샤에서 두 번째 시집 『낡은 집』 발간.

**1939년 (25세)**

**1월** 임화林和가 편집한 『현대조선시인선집』에 시 '낡은 집' 수록.

**3월** 조치대학교 신문학과 별과 야간부를 졸업한 후 귀국, 경성부京城府(서울)로 가서 최재서崔載瑞가 주관하던 잡지 『인문평론人文評論』의 편집기자로 입사.

**1941년 (27세)**

**4월** 『인문평론』 폐간과 함께 퇴사.

**1942년 (28세)**

**6월** 『춘추春秋』에 시 '구슬'을 발표한 후 절필, 고향 경성으로 낙향. 일본인이 경영하던 일본어 신문 『청진일보淸津日報』 기자로 3개월간 근무 후 퇴사. 이후 주을읍朱乙邑사무소에서 서기로 근무.

**1943년 (29세)**

**봄** '모 사건'에 얽혀 원고 전부를 함경북도 경찰부에 빼앗기고 주을읍사무소를 사직, 칩거 시작.

**1945년 (31세)**

**8월** 해방 직후 서울로 귀환하여 임화, 김남천金南天이 주도한 '조선문학건설본부'의 일원으로 참여.

**11월** 대표적 좌익지 『중앙신문中央新聞』 기자로 입사.

**1946년 (32세)**

'조선문학가동맹'의 회원으로 가입.

**8월 10일** 조선문학가동맹 서울지부가 신설되면서 선전부장으로 선임됨.

**1947년 (33세)**

**3월~7월** 『문화일보』 편집국장으로 근무.

**4월 20일** 서울 아문각에서 세 번째 시집 『오랑캐꽃』 발간.

**7월** '문화공작대' 제3대의 부대장을 맡아 활동.

**8월** 남로당 입당.

**1948년 (34세)**

**9월** 『농림신문農林新聞』 기자로 입사.

**1949년 (35세)**

**1월 25일** 동지사同志社에서 네 번째 시집 『현대시인전집 제1권 이용악집現

代詩人全集 第一卷 李庸岳集』 발간.

**8월** '조선문화단체총연맹' 서울시 지부 핵심 요원으로 검거됨.

**1950년 (36세)**

**2월 6일** 서울지방법원에서 '남로당 서울시 문련 예술과 사건'으로 징역 10년형을 선고받고 서대문형무소에 수감됨.

**6월 28일** 한국전쟁 발발 후 조선인민군의 서울 점령에 의해 출옥하여 월북.

**7월** 조선인민군전선문화훈련국에서 편집한 시집 『영광을 조선인민군에게』에 '원쑤의 가슴팍에 땅크를 굴리자'를 월북 후 첫 작품으로 발표.

**1951년 (37세)**

**3월~1952년 8월** 조선문학예술총동맹 중앙위원회 시분과위원장으로 활동.

**1953년 (39세)**

**8월** 남로당 계열 숙청 과정에 휘말려 6개월 이상 집필 금지 처분.

**1955년 (41세)**

**12월** 민주청년사에서 산문집 『보람찬 청춘』 발간.

**1956년 (42세)**

**5월** 『조선문학』 5월호(혹은 8월호)에 10부작 연작시 '평남관개시초' 발표.

**10월** 조선작가동맹 시분과 위원 단행본부 부주필로 선임.

**1957년 (43세)**

**5월** '평남관개시초'로 조선인민군 창건 5주년 기념 문학예술상 운문 부문 1등상 수상.

**12월** 조선작가동맹출판사에서 『리용악 시선집』 발간.

**1963년 (49세)**

조선문학예술동맹출판사에서 김상훈金尙勳과 공역으로 한시 풍요 및 악부시 번역집 『풍요선집』 출간.

**1969년 (55세)**

**2월** 마지막 작품 '날강도 미제가 무릎을 꿇었다'를 『조선문학』 2월호에 발표.

**1971년 (57세)**

**2월 15일** 지병인 폐병으로 사망.

# 어디서 당신은 이처럼 소년을 부르십니까

초판 1쇄 발행 | 2025년 1월 24일

지은이 | 이용악
펴낸이·책임편집 | 유정훈
디자인 | 김이박
인쇄·제본 | 두성P&L

펴낸곳 | 필요한책
전자우편 | feelbook0@gmail.com
엑스(구 트위터) | x.com/feelbook0
페이스북 | facebook.com/feelbook0
블로그 | blog.naver.com/feelbook0
팩스 | 0303-3445-7545

ISBN | 979-11-90406-22-2 03810